洋芋花香

李关君 著

敦煌文艺出版社

图书在版编目（CIP）数据

洋芋花香 / 李关君著. -- 兰州：敦煌文艺出版社，2023.5
ISBN 978-7-5468-2364-5

Ⅰ. ①洋… Ⅱ. ①李… Ⅲ. ①诗集－中国－当代 Ⅳ. ① I227

中国国家版本馆 CIP 数据核字（2023）第 096973 号

洋芋花香

李关君　著

书名题签：席小鸿
责任编辑：余　琰
装帧设计：孟孜铭

敦煌文艺出版社出版、发行
地址：（730030）兰州市城关区曹家巷 1 号新闻出版大厦
邮箱：dunhuangwenyi1958@126.com
0931-2131536（编辑部）　0931-2131387（发行部）

兰州银声印务有限公司印刷
开本 889 毫米 ×1194 毫米　1/32　印张 5.75　插页 2　字数 81 千
2023 年 9 月第 1 版　2023 年 9 月第 1 次印刷
印数：1~1 000 册

ISBN 978-7-5468-2364-5
定价：38.00 元

法槌下的诗歌

（代序）

田茂琳

诗文兴地气，精神变物质。当公平正义的法槌与温暖柔情的诗歌相遇，会碰撞出怎样的火花？李关君同志的《洋芋花香》诗集结稿，在出版之前请我评价和特约写序，我翻阅咏读后认知，他的诗作普遍来源于生活，值得称赞。

早年，我还记得去陇南一家印刷公司排版书稿，第一次遇到李关君时，他正在聚精会神地校对个人诗集《冬日里的小兰花》同为文县老乡便很快熟络起来，他极谦虚地让我谈点对诗稿的看法，我能说点什么呢，便高兴地鼓励后生，让他多读诗歌经典中的经典，多写生活现实里的现实。不久，他的

《冬日里的小兰花》诗集被敦煌文艺出版社出版，经送来拜读时心里有了积极的感受和真心的喜悦。

作者在工作之余又出手一册诗集，一首又一首地描写了生活、家乡、工作、旅行等等，其中细腻的心理描写让人佩服得五体投地。言语的细腻、思维的洒脱、人性的表达以及道德的高度等，能淋漓尽致地颠覆解剖人心里的真实。我一口气读完全部诗稿，诗中所指的不单单是在人的生活里存在，也是很多人在现实里会有或是会遇到，都是作者在诗文里浓墨重彩的描写且印象深刻的场面。

《洋芋花香》整本诗集具有鲜明的现实属性和生活属性，从现实、文化、生活、游历无拘束地宽泛取材，释放悲悯情怀和澄明境界，展现出诗人对生活的热爱和细微的思考，呈现难得的人文气质，在陇原大地这片热土上自成一体，算得上一股清流！这些作品是自然天成的，仿佛河流和泥土的一部分；是真挚纯净的，仿佛从心底流淌而出，又向着心灵流淌而去；是温暖向上的，不时地会有一束光泽点亮内心，让我们在种种难以承受的重和轻中，感到一缕缕希望和慰藉。而所有这一切，又构成一种动人的深沉的意境，散发诗意，打动心灵。

翻阅了诗文，想的太多，但是说的话需要精诚。举例一《美丽裕河》，他是这么写的：许多行尸走肉到裕河换血/把浓烈的燥热按在水里清洗/鱼儿在清溪涧追逐躲避/飞鸟在头顶盘旋，漠视一切/青山，绿水，巨岩，倒影/还有一些喊不上名的飞虫/它们在树林里穿梭，如织如画/天然氧吧飘逸出缕缕仙气。这诗中有赏析、浪漫、快乐、金光的世界，此种语言特色令人叫绝，让人发泄性地领悟其内在含意，主旨在于倡导思想自由。举例二《好客舟曲》，原文为：多年前的一个夜晚/那场泥石流，带走了诸多亲人/也带来了一夜白头/我从他淡淡的笑容里/看出了心酸和不甘/我们品着美味的剁椒鱼头、板栗猪蹄/都不提及过往，不再沉默/所有的话题都交给河流/一起沉浸在简单的快乐中。

我先说这不是读后感，我想说的是用这种新颖的诗化语言叙述平凡故事，让人们在把握诗文大意的同时，展开思想的翅膀，以具体可感的知识来丰富文心，来揣摩内涵思路的阐释理解。要说到评价，他的不少诗觉得有读头，诗情自然，诗体自由，内敛自觉，因为这种现代体诗文讲明朗、讲上口、讲意境，而此简单的三条都具备了，特别是士人情怀和精神更值得提倡。

国家法治的发展，机关单位的建设，都离不开文化人，建设文化陇南，更离不开文化人才的支撑，李关君同志不啻是一位年轻的开拓者。愿喜诗文的李关君在肩负法官重任的同时，业余闲暇时光创作出更多更好的诗作精品，为推动法治文化的发展再立新功。

诗集文化，值得推介，赞为序！

二〇二三年七月一十八日

田茂琳，作家、研究员，全国科普工作先进个人，欧洲摄影学会签约国际摄影师，中国菌物学会会员，陇南市科协原党组书记、主席，陇南师专农林学院特聘教授。著述及成果颇丰，其成就收入百部辞书之中。

目录

君子兰

努力睁眼的睡美人，想张开嘴
唱歌给所有人听
就在出门瞬间，被我发现
角落里那串花苞的孤单

只顾匆匆收拾行囊，忘了敞开门窗
我从潮湿的江南水乡回到北方，满屋子清香
十三朵金花，像极了十三位仙女
这一刻的惊喜
我竟等待了多年

红色足迹

我们沿着长征路寻觅红军足迹
石头上刻下的红色标语，依旧清晰
满路边长着药草，灵气氤氲
血色包裹了整个村庄

红军经过的丛林，都是红色的
树木站立成一排排哨兵
红军住过的瓦房，木门氧化成红色
还有一排排静坐的耄耋老人
都在守望那段永恒的岁月

印记

被流水常年厮磨的鹅卵石
努力改变着河流的轮廓
妈妈怀里的小女孩，早已长大
忘不掉河边玩耍的小玩偶，连衣裙
还有那个红色发卡

残垣断瓦泥坯房，多次经过的那面土墙
历历在目的印记，如同发黄的旧照片
泛着岁月的暗光

流沙

小路两旁隐约开着
一朵朵柔弱的小白花
细长的腰杆儿，撑一把把小伞
在记忆的杂草中
摆动摇曳

儿时的伙伴，都已改变了容颜
不经意，几十年光阴
似指缝里滑落的流沙
一粒粒飘洒在风中

留守儿童

小手里捏着红色的玩具枪口哨
枪管烂掉了一半，扳机上拴着
长长一根红毛线，比你的小身板还长
拿在小手里舞着，站不稳脚跟
是因为拴着的思念太重

小口哨噙到嘴里，鼓着腮帮吹
伴着口水，吹响的那一刻
林子里所有的鸟儿都被吸引
连树叶都变得纹丝不动

洋芋花香

从你发际看到的天，是油墨泼出的蓝
云朵飞过，如一群白色的信鸽
地里的牵牛花，缠在洋芋叶下
肥硕的燕麦，挺着一排排大肚子
风吹过，全是抽穗的清香
还有淡淡的洋芋花香

一片片大黄，撑着一把把伞
是雨水打过青莲，一颗颗种子传承了千年
每次孕育和发芽，埋在土里的疙瘩
总是落地破土，努力挣扎
就算平庸一世，也要开出一簇簇幸福的小花

故乡易老

门前的老槐树，长出了新芽
喜鹊在这里衔木，搭筑一个新家
墙角里老妈妈，坐一排说话
斑驳的土坯墙，被风雨吹打
半截黄泥里的朽麦草
还能掏出几只放羊娃

女儿的新衣，沾满了垢痂
随便找一堆干柴草躺下，微闭眼
在睡梦里，满山坡的撒脚丫

爬树

丛林里的树，要长很多年
有的树还会长出刀子
有些人，咬着牙，踩着刀刃
手脚淌着血，忍痛往上爬
不敢掉下去，树长在悬崖绝壁
一落便万劫不复

爬过树的老人，满脸褶皱
他们回味着，爬过刀的年轻人才会成熟
他们经历的岁月，听说都有色彩
最鲜艳的，是血的红色

嘉陵江边

嘉陵江并不宽广的河面上
扔几块石头，打起一串串水漂
激起的浪花，惊动了
一群群静修的水鸟

脚底下的黄沙，是散落的记忆
光着脚，踩上面，微闭双眼
软软的沙滩上，一堆堆往事便浮现

河边少年

河边水草摇曳，悠闲少年游走在犀牛江边
半山腰神庙里，戏唱得火热
未曾将他打动，满山飘的调子
只顾演绎岁月如歌

路边的樱花，怯怯直面采摘的毒手
热烈的花瓣，倾诉着春天里爱的故事

网红大师

海边的大师吸足了海的灵气
整理垃圾的同时，读书写字
无欲无求，自然本真
跟围困在身边的人群论道
全然不顾网红、增粉、流量

虽只占据了地铁一角
却从未感到生存的苦痛
大师的孤独，每个人都有
因为一次次被直播
就连他最后的那份落寞，都跌入俗世

初到东海

地球被你占掉多半，人类都从未抱怨
而我从大山深处走来，风尘仆仆
我的渺小，注定我一路跋涉的艰辛
但我异常兴奋，见你时并不陌生
你多次出现在我的梦境
在我清浅的诗句里
教我领略你的胸怀和柔情
脚步迈入上海的土地时
就已嗅到了海水的味道

你把气息蔓延到整个东方明珠
顺着黄浦江逆流
就这样散播，我顺着线索来到最东面
越过护栏，脱光鞋子，在你身边坐下
我把脚浸泡在翻滚的浪花里

克制住内心的喜悦，把湿漉漉的海苔
沾满全身，任由海鸟在头顶盘旋
一艘连着一艘海轮从眼前滑过
消失在大海的苍茫

走过的路

年少时走过的地方，记忆深刻
蹚过的溪水，依旧清澈
多年前折下的那枝桃花
插在那面峭壁上，连同那段岁月
都长成了石头模样

似曾相识的，还有田埂里的萝卜花
花的颜色，跟我的头发
不谋而合

紫薇

没遮没拦，还要坚持生根发芽
有人骂你肮脏的语句
怪你把身体暴露无遗
诱惑多少痴情的儿郎

我却看到的，是你努力的模样
多雨的苏杭太湿
你只蜕去世俗的束缚
用自己的方式证明存在的价值
肥沃的长江三角洲，到底是开阔的
处处都能见到你身影
一遍遍无视着别人的嘲讽

黑玫瑰

一朵黑玫瑰，含情脉脉
那么姣好的容颜，花仙一般
只开了一次，我都没记住她样子
当我再次寻觅的时候，她早已离开

我想她肯定有心事
就连说话的语气，都平缓如滴露
手里握着花刺，好像捏着此生命脉
我相信这个世界有一种花，叫黑玫瑰

燃爆

把自己点燃，需要多少勇气
才会胜过烟花的绚烂
世界那么多行为艺术者
唯独这个不是神经病
听啊，导火线已刺刺燃烧
身体就这么被你引爆

你困在黑夜里，等待黎明
脸如夜色一样漆黑
等待烟火的眼睛如黑洞
火光亮起的那一刻
暗化的红唇很软
软到蜻蜓点水起波澜

陪伴花开

有多少沉淀的岁月，在花苞里释放
不知不觉，我已喂养了十年
无声无息，她也陪伴我十年
一年生一叶，如今长了十叶
早已水乳交融，早已命运相连

开花的时候，我真不该远行
就算出去，也应该早归

对话石林

站在石林里，和一块石头对话
身边有藤蔓、红果树，还有阿诗玛
她头上的发丝，身上的背篓
跟阳光下的斑影如此和谐

躺在草地上，拿着竹篓和铃铛
学着一块块石头的模样
遥望天空的凝重，静默的表情
原来都并非假装
只是经过了千年的等待和打磨
岁月终究是神灵的孩子

孩子眼中的大人

怒火在心头肆意燃烧，还没来得及说话
你就把小手堵上来，瞪着眼睛
紧蹙双眉，不准我再张嘴

那天，三岁生日刚过
你就明白了很多道理
你说心里很害怕，尤其大人们戴着面具
说着鬼话，一句不合
便会引发一场战争

校园时光

风牵着柳絮的手，肆意游走在校园
我只想聆听，只想禅坐，只想领悟
雨偶尔夹带着石榴花香，从窗口飘进来
来不及拥抱一下，又飘向飞天的爬山虎

太阳露脸的时候，已是某日午后
风透过白纱帘，钻进恬静的梦
撩过半黄的枇杷，拂过一只黑天鹅
梧桐叶子哗啦啦，摇摆在蓝天下
鸟儿很安静，站立在海棠树的枝头

采花·琵琶

怀抱琵琶的白马郎，坐在门前石头上
身板如体型壮硕的强曲山
他面容坚毅，无视风雪雨霜
他双手粗糙，却拨出大山乐章
他情怀细腻，呼出满嘴热浪

唱一杯苞谷酒，酸苦
唱一张油饼子，酥香
唱一碗土豆酸菜汤，盛放在木桌上
唱一盘腊肉炒蒜薹，肥瘦相当
唱门前桃花红似海，地里菜花黄

参天古树

每次遇到千年古树，我都会跪地膜拜
只要遇到，只要活着，只要站立
这些历经千年风雨磨难的生命
完全受得起我的敬畏，这才是活着的神灵

那些干枯的古树，一身的疙瘩
奇形怪状像刀疤，像老人痣，更像肿瘤
那些扭曲的纹路，刻印了无数沧桑
有些古树把自己分开，盘根错节
他们到底需要多大的勇气，才能挣扎活到现在
我看到干枯的枝头，每年都会长出新芽

健身跑

健身慢跑的小伙，躲开直面而来的大爷
大爷憨憨傻笑，嘴里的烟都在抖动
一片黄色的麦浪，随着风波翻涌
青果的橄榄叶，擦过姑娘的脸
摆动的垂柳飘飞，伏着一只只鸣叫的蝉

此刻，我们大汗淋漓，遗失的不光是那点盐
咬牙坚持排出的
还有深藏体内多年的毒

跟你一起吹风

跟你一起吹风，放下手里一切活计
去任何能够停歇的地方
只要可以落脚，比如小河边
看簇簇野花在荒野里生长
看溪水里小鱼跳跃在指尖

就这样放下一切，甚至停止思考
钻到小村落里去，讨要一碗农家地道的酸菜
再到山沟里翻寻几块亿年的化石
不追求它的独特，只要寻觅时的快乐
打磨成想要的模样，赋予它不可估量的价值

秋天出行

在秋天里出行，看落叶
自己滑落的样子
用脚步托起无辜的风，给它们翻个身

秋天里应该出去，胜过躺在阳台的长藤椅上
去见证许多昆虫的消亡，包括破坏水果的大黄蜂
除了冰凉的水，坚硬的石头
还有很多横冲直撞的蜻蜓

美好时光

总有很多意外的惊喜
抓蚯蚓，钓鱼，过河，探险
用老干妈蘸黄瓜，严重超载着挤车
这些不经意间的过往
都被秋天盛大的落日，镀上了一层金色余晖

抱着一堆蒹葭，背着斜阳拍照
采一束五颜六色的野花
摇曳在温柔的河风里
跟倒映在河里的影子
一起浮出水面
美好的事物，就是和你一起度过的时光

沉思者

我偶尔看到一只蚂蚱
伏在水泥台阶上沉思
我走过去带起的秋风
都未曾把它惊动
包括它淡定的触须

还有一只毛毛虫
去的路上相遇，朝着我爬
来的路上继续相遇，还朝着我爬
它在原地打转，有些迷茫
我几步就能走完的路
竟是它走不完的噩梦

断桥等候

多想把你打扮成白娘子
俏立在断桥边等候许仙
你傍着西湖的涟漪
轻抚一片片落日下的残荷

假如下起了雨，天堂的伞
不需要太多
雨后血色夕阳的靓影
也只需要一抹

这个春天，花依旧清香

在这个春天，花儿如期绽放
开得跟每个季节一样炽烈
我会一如既往地游走
从一朵花嗅到另一朵花，未曾停留

所有飞舞的精灵，似乎都被压抑坏了
没有味道的日子，连一只蝼蚁也不愿苟活
一起经历过那么多痛苦，才迎来了花开
树长出了嫩叶，准备跟花继续厮守

行走在祖国的春天

正如您所愿，这里山花烂漫
空旷的山谷里，鸟语花香
璀璨的油菜花兀自金黄
江山如画里，有您的容颜
一抔热土里，有您的血泪

您从远处走来，带着春天的向往
如同青山里的新枝抽芽
正剥离满身的枷锁和杂乱
在微风里跌落一路的忧伤

您从洪荒中走来，踏着坚实的脚步
百兽率舞，百鸟朝凤
您心中的思念，在万里长河中流淌
而眼前的世界，美好正如您所想

那晚月亮

初次见你时，那晚的月亮
隐隐浮现在你的脸上
月光堆满你的笑，游云被忽视
空气里全是淡淡的花香

后来，月亮躲进了云里
失眠的人，心里憋着太多话
害怕说出来，太露骨
你和月亮都会娇羞

遇见

我要感谢昨夜的酒
让清晨行人彼此回首相顾
裙摆优雅，姿态大方
每一次都是你飘逸的转身

看向世界的眼神
都误以为落在了我的身上
当确定你的温暖，和我同属一个磁场
你我的眼睛里都有了感动
一滴折射时光的眼泪，在今夜
伴着雨水悄然滑落

核桃树下

当纤细的指尖随灵魂一拥而出
时光一下子停顿了下来
在青皮核桃上，夏日的清凉和脸上的浅笑
瞬间融合

顷刻间，脚下的清泉响起
空气里满是核桃叶子的味道
这一切，让我想起晨露
想起禅定的信徒
想起拉卜楞寺飘飞的哈达和旋转的经筒

河边花

小溪旁的野芹菜，开着一簇簇小白花
细小的叶子在水中飘荡
这些最普通的花，无视一切存在
摇晃的小花苞
绽放时的样子，誓要把孤独开败

禅定

在沟谷的溪水里
蟾蜍漠视着恶毒的阳光
挖机开过的轰鸣也未曾让它挪动脚步

它怕清凉的叶子突然消失
怕因为一个念头
在这个夏天
会丢失一路的圣洁和虔诚

千年守候

几千年前，屈原纵身一跳
汨罗江边，人们逆涛竞渡
每个人心中都有一部离骚
写满了坚贞求索、忠义爱国

汨罗江的水流得太快
心头的思念却越积越厚
这一天的国度里，艾草肆意飘飞
粽子唇齿留香
一片粽叶，裹入缕缕情思
一把艾草，插上憧憬期望
这些都是千年的传承
千年的守候与希望

忆乞巧女

准备每年去一次西和
就住在晚霞湖畔的民宿里
捡拾湖边飘落的柳叶
在深夜里听风声雨声
还有乞巧女婉转的歌声

大地上落了不休不止的雨
湿漉漉的野草，爬满爱的精灵
几天几夜在吹风啊，也没把心头吹空
每次回想乞巧女的身影，痴笑的样子
便烙印在心中

向往夏天

我向往每一个夏天
又常常在夏天里担忧，时光太短暂
就像我担心炎热会消退一样
又担心火一般的激情，也会消退

夏天里遇到炽烈的火
就像阳台上的吊兰遇到冰冷的水
我喜欢她咕咕喝水的声音
这种胶着，只有身边的人能听懂

独处时光

有时候，一个人对着风倾吐心事
聊过很久，那些忧伤的、喜悦的、无聊的
都被河边的风吹散
每一股风吹散的，不只是思念
还有来回交织的天空，漆黑的夜

一个人的时候，蛐蛐在自己叫声里
从未安静待过
每次独处，喝酒的人毫无顾忌
总是放不下心底深藏的故事

季节

冬天要来了，你在秋天开始担心
天气逐渐变冷，漫长的等待后才是重生
此刻，你我最该做的事
就是抓住季节的尾巴
到山林河边吹风，一直走到小路的尽头

看那一片片树叶飘落
看那翩翩起舞的蝴蝶纷飞
也许，一切都会凋零
大地裸露，寒冷会再次把你我包裹

野菊花

色彩斑斓的银杏叶，铺满路边
清澈的溪水倒映出千年枝干
漫山遍领的野菊花，像长了眼睛
一片黄色繁星点缀着长空

柿子红透的时候，已是深秋
野菊花的清香，穿透时光
那些铺满窗台晾干的黄色花瓣
诱人的花容，会在你茶杯中出现

桂花飘香

入秋的小城里
满院子，飘着桂花香
让人神魂颠倒
此刻，唯一想做的
便是牵着你的手
游走在桂花树下

你不在身边
我唯有自摘一枝
捧到鼻下
替你嗅这久违的香甜、人生的辽远
还有那深深的思念

狂怒

风暴雷鸣伴随野马嘶吼
连绵的雨，从未停歇
老天压抑了太久，想哭
心头那团无名火，在爆燃
这是毁灭一切的节奏

今夜的温柔月华，皆已流逝
街头有只掉队的迁徙大雁
河边的洪流拍打沙洲，渐冷
蒹葭从梦中惊醒，风太大
闪电伸出修长的手指
一遍遍，划出印痕
如一道道触及不到的过往

蜕变

一条雨后蚯蚓
爬在身上不停蠕动
这条蚯蚓，有时候啊
竟从头顶一直爬到了脚下
再也无法钻入城市的混凝土

还可以是蚂蚁
下雨天排成长长的队伍
带着厚重的泥土气息
窸窸窣窣，在松针间穿梭
一条黑线便刻在了眼底

忧愁

每日里，这身边的尘埃
被风随意吹起，有时候啊
就吹到了最柔软的地方
变成了沃土，埋上了种子

抽芽开花，结出一颗颗果子
全是些不知名的忧愁

听海

大海就在身边
她的声音，可以从海螺里听见
她的颜色，可以从天空里看见

海风不时发出呼唤
每个角落都可以感知，闭上双眼
从你手里接过贝壳
再把它贴近耳朵
大海的风采便清晰可见

捕获秋天

一起去捕获色彩斑斓的秋
再用最柔软的手帕包裹
顺着野菊花的芳香
穿过每片树叶的缝隙
去感受每一缕阳光的温暖

从小河边的清浅，到高山巅的浓烈
从深红到浅黄，一一吻过
还会遇到一些不认识的野果子
都熟透了，等待着经霜后的香甜

证明

山林里遇到很多飞虫
横尸路边，身边开满了野菊花
它们用自己的生命，陪衬落叶
证明着这个季节的意义

突然发现，幸福原来那么简单
来自一朵花的相守
来自一片叶的温暖
平日里那些最不起眼的风吹过
其实都在传递着思念

温暖

有一天，突然想起你说过的话
家里的衣服，要洗干净
挂在随手够到的任何地方，这样做
空气里才会有家的温暖
好心情才不会离得太远

后来发现，相爱其实很简单
来自一针一线的牵连
来自一颦一笑的相伴
平日里那些最不起眼的问候
其实都能够证明厮守

暖阳

冬日的太阳底下
一只只喜鹊满枝头撒娇
就连那路边的树都有些肉麻
抖落一地的叶子

田野里的小菜苗
需要精心照料
而来不及迁徙的鸟，几多艰难
更需要冬日暖阳的拥抱

杨陵

在这里，光、热、温、水、肥
五种天然的元素交织在一起
在杨陵每一块土地、每一棵林木上
慢慢发酵、游离、蜕变
从一群人到另一群人
从一个时代到另一个时代

那些从贫瘠山谷吹来的寒流，在这里消失
高端温室里，四季如春
无土培植的梦幻花卉，肆意开放
就连大街上的清冷
都被五颜六色的水果椒所治愈

芦苇

冬日里的心情
和车窗外最美的景色有关
那些随风摇曳的芦苇
一蓬蓬大尾巴
软绵绵拂过脸颊

微风撩拨头发，顺着暖阳
禁不住嗅到了，水鸟飞过
遗落露珠的清香

河边娇娘

河边娇娘，身披白纱
一次次纵身投江
又舍不得这俗世
河面银光闪闪，她的倒影凄美

追着余晖的影子漫步
总想抓住她沾满阳光的手
珍惜相守的每一寸光阴
不去计较未曾到过的地方

相聚

十年前见过一面的女孩
十年后再次联系
她拿出了一张六个人的照片
我竟然猜错了五次

多年前的她，扎着马尾辫
梳着黑黑的头发
她问我未来生活的愿景
我看着窗外的落日，竟无言以答

往事尘封

有一次偶尔翻起通讯录
却发现有个电话号码
在我手机里沉睡多年
而往事早已尘封

每个路上行人
风尘仆仆，步履匆匆
如那些被风无意吹过来
沾到衣服上的尘埃
随便一巴掌，就会被拍空

野鸡挑衅

入冬后的村落
一群群野鸡驻守路边
每当车辆经过，四处逃散
留下一声声刺耳的尖叫
扑棱棱钻进灌木丛和低谷

老猎户们开始心动，却无计可施
野鸡们得意忘形
肆无忌惮地游窜、斜视、晃悠
好像在告诉那些蠢蠢欲动的人
没有枪，我才是这里真正的王

村口店铺

在荒野啃着面包，搭配一口小酒
每酌一口，都要狠狠咂一下嘴
脸上表情复杂，样子认真
好像要把生活全塞进肚子

小卖部在村口，显得有些荒凉
那碗冒着热气的泡面，气色诱人
帮我们添醋的老人，佝偻着腰
心头那缕温暖，蔓延全身

跟春天有关一组诗

春意

在开门时，和早春迎面相遇
在柳树嫩芽里撞了个满怀
此刻，已准备就绪
风跟我一样守在那里
追踪花苞绽放的痕迹

孩子嬉闹，田埂里秸秆在燃烧
枝头麻雀欢叫，这些都耐人寻味
此刻，我只想游走在后山上
替你寻几枝野桃花

迎春花

挣脱冬的枷锁，横空出世
缤纷满枝，你努力开放的样子
把所有目光都吸引
这几日的春泽，独属于你
独属于你纯粹的花色

你灰尘铺满的身子
花苞都来不及清洗
却要猛烈地绽放
拿一个季节来报答
我这几日的牵挂

深埋的爱

洋芋被埋进土里
一段鲜活的感情也被活埋
接下来的整个年头里
思念无法直接表达

春种秋收，根深蒂固
那些不见阳光的日子，暗藏温存
土里刨出的一块块小土豆
脸色粉红，是最直白的表达

跟一朵花合影

去赏桃花，去跟一朵花合影
头发被风吹起，嘴角也翘起
所有桃花瓣的形状，在笑容里融化
在这个季节，世界充满了爱意

伏在春天的树枝上
花被压落了一地
把耳朵贴近叶子身边
听爱慕者最动人的声音

山桃花

山坡上的房子，最风光的时刻
莫过于花团簇拥的季节
五颜六色的桃花瓣，开在身边
对着路边的行人脉脉含情

山上的花束，紧挨家园绽放
垂柳望着桃花，萌动了爱意
肆意扭动的腰肢，各种冲动
想要用生命的姿态
证明春天存在的价值

一抹粉红

想在山梁上躺着，沾满草籽
天空湛蓝，大地释放着温存
万物苏醒，鸟群飞过花丛
春风十里，却不如你妩媚

一树树桃花开在半山腰
害羞的姑娘多了一抹妖艳的红
哪怕只看一眼，就一眼掠过
这个春天就已经永恒

马坝桃花

时不我待啊，总发出这样的感叹
让我们去马坝，去赏桃花
相约几人，去赏春日里最独特的美景

看那桃花丛里，蜜蜂横舞穿插
有人站在桃花旁发呆
有人深情凝望轻嗅
风吹过花海，香气四溢而过
竟分不出是人还是桃花的面容

跟石头有关的一组诗

捡石

目光所至，全是石头
一块石头代表一种心情
那些造型独特的家伙
总喜欢把自己藏起来
等待着有缘人

大自然馈赠的宝物
并不是千万次可见
那些突如其来的惊喜
多发生在蓦然回首间

等待雨落

一片山，一条河，一个人
都在等待一股风吹来
等待一场雨降临

几千年的山河，无恙
几千年的孤独，却无处安放
而我在等待某一刻
等待石头上泥土被雨水冲走
只需那么一瞬间的自由

找块石头

在河边找寻一块石头
不会说话的石头，造型独特
它镌刻着亿万年前的往事
被岁月打磨，而我只需靠近
只需抚摸它沧桑的旧时光

找一块石头来相伴
没有悲伤，没有心酸
当我从泥土里刨出它
便要立下厮守一生的誓言

归宿何处

每个人都该找一块石头
用来记住一些往事
加以寄托一段感情
连同那些找寻路上的脚印

我心里那块石头已丢失
就让我不顾一切低头寻觅
不要错过每一个角落
在万千石头中徘徊
给灵魂找一个住所

河边景色

当我找了很久，还是一个人
孤零零，石头里写满了惶恐
我的时间已不多
在夕阳的余晖里
我不能空手而归

空旷的河谷，我一个人走过
我来时，一无所有
离开时，心无所念
我只用文字记下了
河边的景色和心情

最后的亲吻

我跪在河边，伸出双手
在乱石嶙峋的缝隙里
捧着一朵野花，亲吻
是风把她吹到了我这里

我被自己的样子感动到流泪
这个神经病，病得不轻
总担心下一场暴风雨
花容就会尸骨无存

你的味道——花生壳里

你的味道，藏在某个角落
在煮熟的花生壳里
抓一把放进嘴里
吸吮出花椒水的味道

你的味道，五味俱全
是吃水煮花生的时候
误抓一把草果、丁香、八角
也带进嘴里，夹杂着
小茴香的可爱

你的味道——含着星光

你的味道，是剧烈运动后
汗水流进嘴里，有点盐分的微咸
是口干舌燥时，喝一口矿泉水的清爽

你的味道，是百变的味道
一举一动间的纯真
那种无法描述的味蕾
舌尖辛甜酸麻的感觉
就像含着一堆堆迷人的星光

诱人的芹菜

这一茬长熟，我要把它吃掉
我驻足在食物链顶端
那些小蜗牛、毛毛虫
都要肃立在一旁行注目礼

嘴便是终极归宿
芹菜以它独特的味道
融入了我的身体
你用巧妙的手施加魔法
包子馅，或者清炒
都是不错的选择

偷生

毛茸茸的叶子，可爱至极
悄悄然生长，憋着大惊喜
原来遗留在土里的红色小精灵
总担心被连根拔起

又一次破上而出
你把身体藏在花丛里
探出痴痴的脑袋
等被人发现的时候
早已亭亭而立

复生的榕树

奄奄一息的时候，心生悲凉
想起当初的喜欢，不禁忧伤
总舍不得丢下这尘世
也不忍心让一个人独活

后来，总算找到个理由
活了过来，抽了新芽
我抚摸你死而复生的肢体
惊叹这生命创造的奇迹
是你告诉我不能轻言放弃

灵动的油菜

绿色仙子横空出世
你看你看，一片两片
嫩绿的小叶瓣，左顾右盼
在阳光下，在黑夜里

她们挣扎着，从土里钻出来
给家里增添一抹绿色
后来才发现她们最大的价值
是为了冲破世间的孤独

冰糖水

废弃的冰糖水用来浇花
后果真是不堪想象
原来太甜了，也会醉人
每一个盆里都东倒西歪

这些小家伙啊，全都被甜晕
她们横卧在自己领地
沉浸在蜜丝编织的梦幻里
无法自拔

随处安家

把蒲公英的种子全送走
一口气吹到空中，毛茸茸一片
这些小可爱手忙脚乱，活蹦乱跳
有些贴在脸上，有些钻进头发
舍不得走，但还是要走

去吧，风会载着你
去任何想去的地方
只要有土，便可安家
再开出一朵朵小黄花

风吹过

夏天的风同时吹过
是风拥抱了你和我
还是我和你相拥
风将心情悠闲地传送

相约到南山顶
一起去吹风
风吹过你和我
也吹过内心时隐时现的焦灼

转动经筒

把每一个经筒转动
大藏经一遍遍传诵到风中
佛祖感应到了你微笑
纯洁的小手传递出温存

如果没有灵魂牵引
你就不会有那么严肃的表情
那份内心的虔诚无法伪装
原始的好奇，推出的力量
去触摸一排排经筒
没有忏悔，没有祈福
只有无数轮回的人生

神秘村落

山丘与山丘，相邻又相望
他们把脚伸进河里嬉戏
消遣了无数暗淡时光

一个藏式村落，立在脚丫上
一片片油菜花铺满山梁
一只只蜜蜂兀自匆忙

我悄悄来到了这条山谷
领悟整个季节的颜色
无意打破这里的神秘

纯粹的笑

一个傻子在河边洗头
另一个傻子帮着浇水
我怀抱一堆石头经过
他们转身对着我微笑
这些山河的守护者，蜷在岸边

我小心翼翼走在河边
每个动作都保持善意
就连一片柳叶的飘动
都怕惊吓路边的行人

好客舟曲

多年前的一个夜晚
那场泥石流，带走了诸多亲人
也带来了一夜白头
我从他淡淡的笑容里
看出了心酸和不甘

我们品着美味的剁椒鱼头、板栗猪蹄
都不提及过往，不再沉默
所有的话题都交给河流
一起沉浸在简单的快乐中

柴门关

坐在城楼顶上静思
或爬到战旗猎猎的山巅
听刀光剑影，战马嘶鸣
听秦蜀交界折了多少英雄

草船停靠至今还在借箭
十八般兵器随手可挑
桃园结义的美谈与桃花相伴
辽远的记忆与山河均无恙

战鼓擂擂，出师表诉尽衷肠
石壁上刻下一幕幕过往

最美空境

最美的天空之境
都在你的眼睛里
眨巴眨巴，开始云端穿行
在白云之巅，有蓝色的梦

童话世界，在这里诞生
行云如流水，却无需惊恐
你望着天空的影子
也望着自己的笑容

相遇

初次见面的那个女孩，宛若仙子
她安静地坐在身边，仿佛与世隔绝
抬头时，我便望到她脸上的笑
竟能治愈内心的浮躁

世间车马奔鸣
尘埃连绵相撞
而她甜美的样子，无关喧嚣
外面的太阳酷烈，她就躲在我心房里

打伞

那块手掌大小的草化石
淡红色花纹，刻满一圈圈年轮
捡石人把它丢弃在路边
被我们无意中发现
你打着伞，给我遮挡视线
我偷偷把它放到车里面

多年以后，石头还是曾经模样
你我从此多了一份回忆
不禁想起那天中午焦灼的太阳
还有一起打伞相守的岁月

水墨画

马家山有无数水墨画
处处青翠，影影绰绰叠加
我们穿插在画里，相映成趣
最亮眼是茶园里的黄金芽

清晨推开窗，跟龙湖边飞鸟寒暄
红彤彤的太阳，早已升起一杆
绿叶露珠闪烁，画里烟雾缭绕
百壶园百般神秘，山中常年住着神仙

夏至清凉

这个夏天汇集所有的清凉
凝聚在叶尖的晨露里
等待一双纤纤玉手
触摸内心的声音

起个大早，只为寻觅夏天的味道
夏天在黎明前的晨曦里苏醒
夏天在鸟儿清脆的叫声里飞翔
在每一缕清爽的微风里
在每一滴晶莹的雨露里
缓缓走来，向你问好
给你热情的拥抱和无限的温柔

在草原睡去

一头扎进浓绿的草原，打个滚
无数次翻身，让格桑花擦拭掉
胸口的风尘，让躁动不安的神魂
变得安静、变得干净

马营的格桑花都开了
而我要在草原里睡觉
几天几夜都不醒来，梦个够
每一朵花里都有她的味道

棉花糖

被山包围起来的草原，正好疗伤
我躲进这片草地，横躺下仰望
在头顶的棉花糖里，看出了她的脸
身边的格桑花，开得愈加神秘
风吹过，竟有一丝丝凉意

在这个酷暑里，我感到了冷
大草原献上了一把把手捧花
却无法让我开心

草原的孤独

草原里纵情翻滚也会受伤
骆驼刺扎进了肉，疼痛让我远离
吃草的马儿朝我奔来，是我侵犯它的领地
山包上一对情侣牵手的背影，被夕阳拉长
竟把我的孤独也无限拉长

在这草原，我无数次大吼
吃草的牛羊都被我惊动
我抛开一切来到这里，想要忘记
压抑的胸口，始终无法呼吸

小野鸡

路边的六只小野鸡
我们从行人手里抢回来
却又不知托付给谁
花椒地里吓跑的野鸡妈妈
从此不知去向

善良的人，无意做着错误的事
我们守了一整天，就想让残忍少一点
期待着妈妈带走她的孩子
却只听到小野鸡悲凉的呼唤

吃草的牛

行走在草原的牦牛，从不停歇
格桑花未曾思考，她却跟我一样痛苦
微风里，佛说一切都是虚幻
而这虚幻却让我难受

牛低着头吃草，草原里一切正常
深邃的眼眸望向远方天际
牛粪里的瓢子气味飘香
红色果子如同跳动的心脏

供佛

丛林里的每棵树
都是活着的菩萨
她们仁慈向善
时刻不忘给人布施恩泽
绿色是她们生命的本色

心怀善意的人
处处都能遇到活佛，谈经论道
不用请到家里供奉
好多喜爱盆栽种养花草的人
都是信徒，皆可长寿

纳凉

吸引我前往的，并非小河里的红花斑
那些河边肆意绽放的香蓼花
绯红色一串串，精灵一般
在风里雨里兀自吟唱

每寻一处地方纳凉，总能有所收获
河边太多视而不见的香蓼，平凡总被人遗忘
当我捕捉到她香艳的样子
才发觉，路人皆是匆匆过客

黑颈鹤——影子

除了钓鱼捡石头，或许有意外惊喜
比如，捡到黑颈鹤的仙骨
它弯曲的身子埋在淤泥里
不知被多少人忽视又踩踏

我们把它挖出来冲洗干净
再配了红豆杉底座，栩栩如生
仿佛在它孤傲的形态里，找到了
自己孤独的影子

黑颈鹤——回家

鹤曾到这里歇脚，恰好是秋天
曾经这里有无限生机与活力
风吹过清澈的河水，荡起涟漪
河边有柳枝，亦有芦苇

鹤把梦留在了天际，无处安放的疲惫
遗落在了浅滩
我们同是浪迹天涯的鹤
在庄稼成熟的季节回家

黑颈鹤——风姿

偶遇的那日，并没有阳光
温顺的白水江，暴雨后显得浑浊
黑颈鹤体态轻盈，神情洒脱
它曾苦恋着河畔的荒草
在爱的淤泥里构筑往事

它昂着高贵的头，单脚玉立
曾经丰满的羽毛，任凭你去想象
有一种经历叫脱去一身的负累
独享遗忘在河边的风姿

牵牛花

太阳出来的时候
银杏树上的牵牛花，又开了一朵
她颜色深邃，玉立在秋风中
不染红尘

路边野草枯了
树上的叶子黄了
而我的牵牛花依旧绽放
她穿着紫色的长裙
在风中优雅吟唱

八月瓜

披着紫衣，跟土豆一样憨厚
它裂开的样子，如村里大汉的傻笑
白色的肉，包裹黑色的籽
一定要闭着眼，整口咽下去
准备好同时接受，肉的嫩滑和籽的粗糙

童年的味道，停留在邻居老妈妈的掌心里
儿子爬一整天山去砍柴，从山顶摘回来
八月瓜，鬼指头，五味果
最后都会到我的嘴里，成为
一生熟悉又陌生的记忆

心锁

秋，在我的眼里都是落不尽的叶子
包括路边影影绰绰的树枝
那些能看出脸庞的
都是心里无法装下的
比如，思念

丢了风，就丢了季节
满山坡的叶子都黄了，哪一片才是你
我在寻觅的路上，张望
不知遗落多少蚀骨的忧伤

夜景

金城夜里的霓虹，闪烁迷离
清冷的路灯，挂在路边异常安静
目之所及的天边，风起云涌
孤独的人依靠在桥上
想起无数过往

白衣在风中飘动
思绪在城市深巷里游走
黄河边的树影婆娑
那些深夜里难以入眠的人
最适合这个时候出来
消遣一颗颗无处安放的心

野棉花

山路两边的野棉花，散立成一排
夜色里摇摆，还有山巅的鱼肚白
冷风吹过这里，划过醉酒的脸庞
我以为韭菜花开了，一堆堆缀满了山坡

外面景致荒凉，树叶已落光
如果你愿意，我要带你到山里探寻
采摘野棉花，一簇簇白得耀眼
足以证明这世间的浪漫

眼神

也许一场美妙的邂逅
正在某个角落悄然发生
一个有趣的灵魂，恰好
遇到了另一个有趣的灵魂

也许一次华丽的转身
刚好在某个角落回首上演
一道道闪电头顶掠过
所有的故事都跟眼神有关

露宿草原

去若尔盖草原旅游
无需发愁找不到床铺
这里随处可以露宿
只要躺在地上便可作床
扯一片白云便是被子

如果被生活所累，需要休息
那就去若尔盖大草原，穿行千里
只要在草原的怀里睡去
足以把一切痛苦忘记

若尔盖的主人

若尔盖真正的主人
除了无数流动的白云
还有成群结队的牛羊
它们悠闲地穿过马路
游人都要驻足礼让

一群牛羊来自天空那边
一片白云来自草原这边
它们缓缓移动，除了吃草便是散步
无视任何俗世的喧嚣

如期而至

在色彩斑斓的十月，我们如约而至
在一幅油墨画里，诗意穿行
格桑花一路牵引，藏牦牛驻足欢迎
我们准备在你的天空放牧
把梦想和心事告诉白云

每个来到这里的人，都有约定
他们匆匆来，又匆匆去
无非是想做一位虔诚的子民
把灵魂放在草原，游牧

花湖恋人

一对年轻的恋人，并排坐在花湖边
夕阳正好沐浴在他们身上
依偎成趣，是草原里最美景色
这天地契合的瞬间，正好被我撞见

秋日浮光金子般灿烂，照着神秘草滩
枯黄的芦苇摇曳，河花踪影依稀
那些常年栖息的黄鸭、溪鸥、黑颈鹤
此时，是否也藏在荒草里偷看

雨游铁楼

原始森林的藏牦牛杵在路中央
漠视着行人，牛粪铺天盖地
五颜六色的小蘑菇随处可见
十月，村落里的炉火已点旺

邱家坝的麻子石，散落河谷
热情的白马人，准备了丰盛的藏家菜
雨天的铁楼，清晰干净
云雾朦胧里，愈加神秘

苍耳

在路边，无人关心一棵苍耳的存在
除非懂得它的厉害，沾满一腿带刺的种子
实在无法想象，这些生命需要经历什么
才会变得如此坚硬、全身锋芒
褐黄色果壳里，藏了多少过往

秋风里野花摇曳，而这些隐士风姿独特
每一粒苍耳子，都有济世救民的抱负
一棵棵孤独站立，等待机遇到来
随时准备仗剑天涯，四海为家

流浪

一粒粒苍耳子摆在手心里
在毛茸茸的衣服上，粘牢又取下
我们把满身铁甲的孩子带走
把敬畏的目光送给这片荒坡
也送给满腹思念的妈妈

我们又何尝不是一颗苍耳子
若干年后，能否想起曾经脚下的土地
小时候天天粘在父母身上
长大后带着苍白的牵挂，流浪

偷萝卜

蘑菇大棚旁边的洼地里
种了一畦萝卜，有红有青
周末的暖阳洒在身上
我们偷偷拔了几颗

这里的主人不知何时站在路边
偷萝卜被发现，也未曾手忙脚乱
热心的大姐又送了颗大萝卜
红萝卜不甜，青萝卜才好吃

刚拔出的萝卜带着泥，也带着光
还带着满世界的温暖

野柿子

是谁用生命，守护秋天最后的热情
这些满山坳的野柿子，总被人忽视
直到冬天来临，依旧撑满一树的野果子
引来一群空腹的鸟雀，争相啄食

当繁叶落尽，一串串诱人的果子裸露枝头
在四季轮回里，它们由绿变黄又变紫
当满坡的蒲公英被风吹散，林子里松果零落
只有野柿子静默在山顶，等待着春天到来

美景

昨晚的山顶，月亮浑圆
而月亮与我，只差了一棵树的距离
零落的树叶，却跟我隔了一个季节
它们用生命，铺满通往山顶的路

飞瀑与雪山，小心翼翼出现
又在夜幕的掩护下，悄然消失
这些冬日里独特的美景
其实都怕被惊扰

相伴

当夜深人静，天上的星星
钻到云里，月华温柔如水
偌大的天空，偶尔有风吹过
那是月亮在探寻星星的音讯

月亮是一面白色的镜子
总能映射出眨眼睛的星星
当一块块陨石坠落，划过天空
都是一场场生死爱恋的证明

高跟鞋

一串神奇的高跟鞋走过的声音
噔噔噔 噔噔噔
伴着风姿婀娜的身影
天空里，娇媚容貌笑靥如花
郁金香比她逊了味蕾
玫瑰花比她少了浪漫

这种风里走路像跳舞的女人
我已经多年未遇见
但她熟悉的气息和味道
我却在相隔千里的地方
从风和声音里感悟

红橘

家乡的红橘，远比城里香甜
一颗颗饱圆水嫩，缀满人间
一只只红灯笼，点亮了万家灯火

长在树上的果子，都燃烧着生命
每年冬日，满路红橘如约而至
叫卖景象异常繁闹，让人驻足留恋
心事重重的人，被一树树金黄震撼

猴子

曾有一棵黄杨，笔挺粗壮
你我商定，用它做一个盆景
唯一看点，便是养一只猴子

第一眼看这棵树，形态简单
就因为一句话，便与众不同
决定把树栽入花盆，把日子也栽入
而那只猴子，却杳无音讯

自杀

同事家进了一只老鼠
翻箱倒柜无法灭杀
日夜吱吱吱吱，惹人心烦
所有家具都被咬烂

终于想了一条妙计
打开窗子，搭张板子落地
再追着鼠窜，只能爬向窗口
跳楼的瞬间却让人心痛
原来我就是那只老鼠

踪迹

当悄然离开的时候，才发现
所有生命已然融为一体
那么多风，一起吹过
季节把树叶都染了一遍

一起捡拾的每块石头
印证彼此紧随的足迹
后来才发现，每个角落
都有抹不掉的记忆

落叶

阳光里，马路边，头顶上
一片枫叶缓缓飘落，左右翩翩
它体态轻盈，通身金黄
看不出任何离别的悲伤

树叶落下的一刻，万物定格
整个时空停顿，世界变得宁静
把车停在路边，把树叶捡拾回家
把那份思念给树留下

醉酒

喝醉酒的男人，又开始骂人
满世界打电话，发短信
然后再若无其事地睡去
假装什么都想不起

大山压不弯的身子里
也有不愿曝光的心事
那些被骂最多的人
也许是最幸福的人

牛肉干

带着皮和筋的肉干，特有嚼劲
这些来自千里之外的特产
扔进嘴里的那股香味
会连带暖意流窜全身

一堆牛肉干，便是一顿大餐
可以当早点、午饭或者夜宵
好过了辣咸的鸭头和鸡爪
也好过没人问津的一日三餐

道别

依稀记着的笑脸
镶嵌在冬日最简单的印记
那些钻进心底的声音
除了你说过的话
还有一起踩踏干枯的树叶
发出的咔嚓脆响

那些时光总属于我
那些最美的花也属于我
经历了很多次的分离
总是站在陌生的世界
向熟悉的你道别

巨石

瑶寨山顶布满巨石，散布在农家院落
精致的迎春花盆栽，摆了长长两排
打破这里清幽的，除了吃麻梨的大黄蜂
还有不请自来的游人

心里吃过亏的人，都不喜欢说话
山顶遇到石哥，比院里的石头还安静
他脸色泛红，目光深邃，杵在那里
我竟分不清院里坐着人还是石头

挖树人

跟挖了三十年盆景的人喝酒，只谈树和花草
谈及其他便一语凝噎，眼睛开始发红
透过头上花白的头发
看到压过无数大山的背影

有次喝酒，握着老哥有力的大手
心跳便开始加速，老茧似巨石的边沿
将我刺痛，有次回来的路上
忍不住眼泪横流，太多苦难该谁承受

那座城

一辈子，因为一个人
会爱上一个地方
那里樱花烂漫，大佛金光灿灿
包括满河谷的燕子石
这些都是你告诉我的

那条沟的溪水，清澈见底
那座山的小路，蜿蜒曲折
我们爬到了山顶歇脚
又穿过林子，虔诚拜佛

冬游

冬日的泉水，唱着欢快的歌
雪山在远处招手，丢掉烦恼前行
鱼儿们不说话，悄悄享受周末
甜蜜的时光已开始

矜持的蒲公英，含苞的树
还有那绿宝石般的湖水旁
玫红色的爬山虎，依偎着墙壁
这些美景，被山里一声鸡鸣吵醒

精致

一捧花最后的结局
无非干枯后碾碎成土
而一朵朵红色玫瑰花瓣
会成为满天星的簇拥者

一捧花永远不会开败
晾干后以另一种形式存在
那些失去生命还留下的余香
我们把它定义为灵魂

重活

行走在沙漠的苦行僧
听泉水流动的禅音会通灵
翻滚在冰天雪地的猎人
听柴火燃烧的声音会兴奋

放眼望去，漫山树枝全绿了
一股风吹过，万物都活过来了
整个世界里，生命交织缤纷
是因为听到了春天的声音

家

被人惦记着，才会有家
可以去很远的地方
但总能按时回家
割不断心中牵挂

无论在哪儿
只要心里想着一个人
家，就在那人身边
满世界温暖光源

周末去哪儿

周末去哪儿，约个人去远方
来一次长途跋涉的旅游
或者哪儿都不去，就窝在家里

周末到底该去哪儿
到哪里去看世界的美好
假如有人来牵你的手
会不会依然心动？

真爱

有人怀疑这就是母子
妈妈给孩子在冬日里喂食
这吃的从哪里寻来
万物被风雪覆盖

我觉得应该叫陪伴
为了让对方活下去
另一半跑到农家屋里
偷来续命的粮食

影子

在遇到一朵花之后
总是挪不开步子
老想着守护花开
不舍得离开

在遇到一朵花之后
总在一朵花的身上
寻觅另一朵花的影子
轻嗅另一朵花的气息

心事

跟有心事的人一起去捡石头
满河谷石头，都心事重重

如果心事可以跟石头交换
宁愿找很多块石头
把它们都带回家
心事，全给荒野留下

开心就好

红嘴鸥从游人手里叼走
一大块面包的时候
你恰好笑得最开心
这一年到头，总见你流泪

决然放下一切，去赶火车
穿越丛林，走钢丝绳
一路不敢呼吸，各种惊吓
只要你开心就好

太阳花

今日万里无云，你需带着微笑
我需带着你，去太阳底下吹风
去晒最温暖的阳光，不再彷徨

有你的地方，就有快乐
你的笑容绽放，倾国倾城
超越时空直抵心底，能治愈
我一整个冬天的忧伤

守护

为了守护未曾谋面的家园
你陪着我四处奔走
有人站出来说需要安静
稳住这男人的情绪

后来我们一起回家
土地变得满目疮痍
高速建设带来伴生灾害
眼神里也读懂了一丝怜爱

蓝短袖与白褶裙

春天的气息，无处不在
浅蓝色短袖，白色褶裙
从此在记忆里无法抹去
这些颜色在生命里深种

青春跟时光无关，跟你有关
爱情跟年龄无关，跟你有关
从你眼里，我回到了童年
无数次汲取到活力和灵气
刻印下一张张清晰画面

夏日温柔

暖阳已洒满窗台
熟睡的人，还粘在床上
猛然间清醒起床，洗漱
冲出门，蹦跶在路上

一口馍馍，就一口水
扭着腰，歪着头
那月牙般清澈的眼神里
全是夏日的温柔

礼让

马路上几个轿车礼让
前面空空如也
再低头，贴近路面
有一对缠绵的麻雀

它们热情似火
相互亲啄，那么投入
忘却生死地演绎着
胜过了人世间无数
虚妄的爱情

马营吹风

在夏天里出行，应该去马营
去这个被遗忘的村落，洗涤心灵
路边的油菜和燕麦，绝不可辜负
风吹过这里，带走了满身愁苦

夏天里应该出去，胜过窝在长藤椅吹空调
去见证很多野花的颜色，包括一群被拍抖音
的女人烦走的老黄牛
除了青翠的山包，绿油油的草滩
还有很多惊起蹦跳的蚂蚱

美丽裕河

许多行尸走肉到裕河换血
把浓烈的燥热按在水里清洗
鱼儿在清溪涧追逐躲避
飞鸟在头顶盘旋，漠视一切

青山，绿水，巨岩，倒影
还有一些喊不上名的飞虫
它们在树林里穿梭，如织如画
天然氧吧飘逸出缕缕仙气

冰粉女孩

那年夏天，走过一村落
遇见一碗清凉香甜的冰粉
面前卖冰粉的姑娘
有着清水般透明的眼眸

花生米，葡萄干，黑芝麻
还有醉人的大米醪糟
点缀着五颜六色的星空
那种纯朴如水的味道里
刻画着美丽干净的笑容

青石

青翠的巨石与水，浑然一体
坐在石头上，把脚浸泡在绿水里
才算真正融入山水的怀抱

铺满青苔的石头太滑
曾摔翻过一起出游的兄弟
但我未曾对它们产生厌恶
总觉得打破了裕河的安静时光
内心倍感愧疚

蝙蝠

白天爬行在路上的蝙蝠
被一群人围观
这只长了翅膀的长耳老鼠
胡乱爬着，内心慌乱

蝙蝠，让人总联想到黑夜、恶魔
以及见不得光的东西
但出现在错误的时间里
竟会如此可怜
被怕过它的人群追到无处可逃

潜台词

太阳出现的时候，我恰好路过
这世界，四十多度的高温天气
让一切平凡的生灵煎熬
拜倒在大地祈福

我羡慕这霸道的太阳
可以肆意炙烤万物
而那些可爱的小心思，四处躲藏
却找不到一片云朵

约茶

和你相约，一起喝茶
在夏天最热的日子里
一起去吹暖风
一起挥汗如雨

电话不断响起，茶冒热气
新买的茶具，气势如虹
忙碌的身影优胜窗外烈阳
热情似火，让人无法阻挡

洁白丸

拉卜楞寺，洁白丸
第一次听到如此神奇的名字
夏河生产的地道藏药
小袋子里一点点，如数珍宝

这种治疗肠胃的特效药
并不是谁都可以喝到
带身上扎紧口袋，药效封存
总能应付几次烂醉如泥后
各种不适和难受

求佛

大漠沙河，八百余里
遇到一个跛脚和尚
他跋涉在荒漠里，衣衫褴褛
一路向西而行

沿途一片荒芜
一堆堆鸟兽枯骨散落
那些水草肥美的远古回忆
都遗失在了旧梦里

黄土地

沟壑相连的黄土地
见证村落多少代人的贫苦
踩踏了几千年的砂黏土
正被一群可爱的猫尾草隐藏

四季风在这里来去自如
山顶的蓝天白云泾渭分明
除了挥汗如雨的农夫，这里遇到的一切
都算是一种缘分

油橄榄

这些历经了三代人的圣树
朴实无华，跟盐碱地一样平凡
它们被祖辈们栽种，在荒芜里扎根求活
祈盼一种救赎

在千万花木中，它们脱颖而出
努力结出椭圆形的果子
从青到黑，再榨出黄金液
饱含大地精华，值得众生膜拜

良知

燕子呢喃，天空飞舞着灵巧影子
思念生出了翅膀，要啄人的眼睛
微风轻拂而过，长满触角
爱意肆虐，尽情吻着行人的脸

别怕酷热，也别说烦躁
夏天里容易犯困，动不动打盹
在人情冷漠的世界，心存善良
生命才会璀璨，绿意才能盎然

姑婆

忙碌了一生的姑婆
九十多年里，养育了一堆儿女
我们从千里赶回，就为了送她最后一程

下雨天坡很陡，这位操劳一生的老人
被葬在了半山腰，跟大山融为了一体

上次去山里游玩，姑婆炖了一锅腊肉排骨
这是她能拿出的最好东西
我埋头猛吃了几碗
这种亲情弥足珍贵

虾的味道

有一种味道，伴着月亮
它刚爬出山头的时候，夜色正浓
山顶上的香辣虾，在风里吃出了
麻，嘴唇被电击了一样

山脚下行人来去匆匆，如同蚂蚁
穿梭在各自的轨迹上
我在思考他们忙碌的意义
而这嘴里的味道
留住了脚步，却留不住逝去的时光

借我一朵洋芋花香的温馨

——关君诗歌集《洋芋花香》

王宏斌

唐宣宗拜谒五台山白玉佛时曾言：“一灯之明，亮及方寸，若能以一灯相传，燃亮万灯，万灯之明定能普照四方。”那种平常心是禅道最高境界的艺术化的通透表达深深地感染了我，让我久久难以释怀。说到审美方面，那种以平常彰显至诚，了结佛缘的东西，不正是从平常物象中攫取诗意的能力吗？禅生慧心，慧源自平常。我想任何人只要不放弃现实生活中那种琐碎的事，扎扎实实，一步一个脚印，就会得到他心中的一灯之明。照直说，这次我读了李关君老师的诗歌集《洋芋花香》，这方面的感触也就多了起来。

洋芋花香

从你发际看到的天，是油墨泼出的蓝
云朵飞过，如一群白色的信鸽
地里的牵牛花，缠在洋芋叶下
肥硕的燕麦，挺着一排排大肚子
风吹过，全是抽穗的清香
还有淡淡的洋芋花香
一片片大黄，撑着一把把伞
是雨水打过青莲，一颗颗种子传承了千年
每次孕育和发芽，埋在土里的疙瘩
总是落地破土，努力挣扎
就算平庸一世也要开出一簇簇幸福的小花

你看，诗人展现的蓝是油墨泼出的蓝，洋芋花的白是信鸽的白，诗人平常自如地舒展了肥硕的燕麦，撑着一把把伞的大黄以及雨水打过的青莲，这几种天地精灵的生长并没有孰高孰低的较劲，特别是最后的一句：“就算平庸一世也要开出一簇簇幸福的小花。”虽然是平庸一世的，但却是真心的，至诚的，它没有被外力结构所左右，就像庄子说的枯木之身，不系之舟。庄子说的这种枯木与不系，来自平常，他不过分注重外力对自己获得自由感的束缚，遇方则方，遇圆则圆。马克思在《1844年经济哲学手稿》中首次提出自由感的问题，他认为人的自由感来自人的劳动实践，为此他提出“劳动创造了美，美是本质力量的对象化”的问题。老子说：“上善若水，水利万物而不争，处众人之所恶，几近于道。”随着人们改造自然力度的增加，自然界的日月星辰山川万物都被人们拿来以己度物，用以抒发感情。

马克思对美的本质与自由感的论述，对文学艺术的创作也有着很大的指导意义，一个人艺术作品的成熟，总是要经历一定的生产与生活实践的积淀，然后成竹于胸，这样生发出来的作品，才会体现出生活阅历的成熟。就拿关君写的这首《洋芋花香》来说，熟悉的生活，熟悉的人和熟悉的物，诗人成长阶段农村田园之乐的那种乐趣都寄托在洋芋花香的缥缈回忆当中，但是这种回忆是那样成熟，牵牛花、洋芋花，以及肥硕的燕麦是那样平和自如地相处，这难道不是耕读之乐的田园生活给人们带来的美好享受吗?那种懒于计较、懒于比较且自得其乐的天趣，体现着的难道不是人们反异化寻求自由感的理想情趣吗？所以才会有“就算平庸一世也要开出一簇簇幸福的小花”。

正是因为对异化环境的深刻理解，关君在他的诗歌中才会体现出对田园耕读之乐的温馨回忆，同时诗人本身的反异化的立场，也渗透着对现实人性的深刻思考：

燃爆

把自己点燃，需要多少勇气
才会胜过烟花的绚烂
世界那么多行为艺术者
唯独这个不是神经病
听啊，导火线已刺刺燃烧
身体就这么被你引爆
你困在黑夜里，等待黎明
脸如夜色一样漆黑
等待烟火的眼睛如黑洞
火光亮起的那一刻
暗化的红唇很软
软到蜻蜓点水起波澜

照直说我已经被这首诗深深打动好久了，那种对自我解剖的深刻把握，那种通透得犹如手术刀似的锐利分析，直接抵达了现实人性的深处。鲁迅先生在《再论雷峰塔的倒掉》一文中分析了建设与破坏的关系，提出无破坏也就无建设，但有破坏也不一定有建设。鲁迅力主革新的力量，在文学上他就特别力推被压迫民族反抗的斗争，同时提倡一种毫不妥协的自我解剖精神，当然鲁迅这种自我解剖不同于封建君主的那种自我解剖，而是现代民主国家观念苏醒以后，以平民人格为基础的反奴性精神，首先要清除自己身上的奴性，才可能做到唤醒与感染别人。可现实条件是，我们多数人都缺乏像关君说的把自己点燃的那种勇气，诗人痛斥所谓的行为艺术家的荒谬。文学艺术的本质是补偿，给每一个平等的个体以一个通气的窗口，使他们能够自如地行走。但是关键还是那种把自己点燃的自我解剖的力量，无视问题，无视社会的缺点也是自身的缺点，他们往往大言不惭，漫无边际的所谓宏大、深刻，却忘记了从平常事物与平常物像当中攫取诗意的力量，从平常事物中攫取自我解剖的力量，以上分析不仅仅是针对现在的文艺乱象，也借关君的诗针对我自己。

“行道之人，不能解忧愁，何劳相问。”这是《聊斋志异·画皮》里的一段话，太原府生活的王生，一次天刚亮的时候就到一片树林散步，碰到一个漂亮的夫人（恶鬼所化）怀揣着包裹走路，前去搭讪，便遭了白眼。这话翻译成现代语就是，这生活着的来来往往的人们，相互之间谈话都不能解决忧愁，有什么问的？这是蒲松龄借鬼怪以抒发自己的苦闷的一种手法，从中可以窥见当时的社会人们之间的交流，成了一种什么样的状况，可谓鬼魅缠身。

韩愈在《师说》中大声疾呼要提倡一种相互为师的好的学风，痛斥官谀现象，到现在还是大量的存在，就像现在人们坐在一起谈天，讲了身份，讲了客套，开始玩笑，中间玩笑，最后还是玩笑，就像鲁迅小说《铸剑》中的楚王与眉间尺的头颅煮在一起，有点恍兮惚兮，哈哈兮。不自私、不自欺、有眼光、平等有公理心，把自己点燃、自我解剖、敞开心扉，这才是社会发展的希望之光。一个社会要发展，要有一个以深阅读、深思考与深交流为基础的正常的感情疏通渠道，这样社会的创新才能充满蓬勃的生命力，关君以自我解剖的精神汲取了现实生活中最常见的物像——燃爆，作为生发自己情感与意象的媒介，细腻、深刻、痛快淋漓直抵事物本相的深处。

诗歌《蜕变》对于乡村理想生态环境的思考，混杂着泥沙俱下的生存意志方面的考量，这种蜕变包含着一种隐忍、无可奈何，却又积极入世，最终缓缓流淌，注入大河的深刻内涵。

蜕变

一条雨后蚯蚓
爬在身上不停蠕动
这条蚯蚓，有时候啊
竟从头顶一直爬到了脚下
再也无法钻入城市的混凝土

还可以是蚂蚁
下雨天排成长长的队伍
带着厚重的泥土气息

窸窸窣窣，在松针间穿梭
一条黑线便刻在了眼底

吕进先生论诗学提出诗歌有限叙事抒情的张力，诗人总是撷取现实物像的有限视角，用以表达无限的想象伸缩度，诚所谓：“山之精神写不出，以烟霞写之，春之精神写不出，以草木写之。”这首诗中诗人所撷取的物象，也就是一只蚯蚓的蜕变过程，但对浮华世事的起承转合以及时空的把握却更具有社会意义。从诗中可以窥见爬在诗人心中的蚯蚓是乡村理想秩序的栖居者，它一直攀爬蠕动的是乡村秩序的美好境界，但是却无法钻入诗人生存的城市混凝土，时光就这样泥沙俱下地走着，但是诗人还是理想主义者，所以才会呼唤出还可以是蚂蚁的美好意象。那排成长长队伍的蚂蚁，还不是在松针间自由穿梭，像一条黑线一样刻在了眼底。

乡庄理想化的生态秩序，历来是诗人们讴歌的人生主题。理想的人居环境只能是城市和乡村相互包容的文化秩序，这一天怎样到来，会以怎样的方式到来，就像诗人冠名的蜕变，会是一种什么样的状况，我想历史会给出自己的选择。发达国家已经出现了工作在城市，生活却在城市郊区的现象。

一个正常的公共文化空间，需要有一种情感的正常流淌过程，如果这个过程堵塞了，容易出现文化窒息，就会思想僵化，迷信盛行。关君的诗歌《沉思者》虽然很短，但是留给人的思考与遐想空间还是很大的。

沉思者

我偶尔看到一只蚂蚱
伏在水泥台阶上沉思
我走过去带起的秋风
都未曾把它惊动
包括它淡定的触须

还有一只毛毛虫
去的路上相遇，朝着我爬
来的路上继续相遇，还朝着我爬
它在原地打转，有些迷茫
我几步就能走完的路
竟是它走不完的噩梦

诗歌有别于其他文学体裁，它也是讲故事的，当然它不像戏剧与小说那样不以引人入胜的细节让人流连忘返，它是讲感情的故事，但是在讲故事的时候，显现的是想象视点的超出机制，语言弹性有一种伸缩感。在这里诗人给我们讲了一个美好的故事，一个不为外物所动的执着于沉思的蚂蚱，另一个却是两次相遇从他身上爬的毛毛虫，但是无论毛毛虫爬来爬去还是在他的身上大转身，好像是一条永远都无法走完的路。“我几步就走完的路，竟是它走不完的噩梦。”沉思的气质，沉思的艺术品质是现实人性成熟的一种标志，它是现代民主国家民主制度确立以后，人们必须面对的一个问题，拥有沉思的气质是现代文明需要的健全人格，鲁迅一辈子致力于反奴性的现代性人格的构建，看客式的心理，良莠不分的起哄，沉思品质的匮乏是当下构建现代性人格面临的最大问题，这使得我想起古代先贤王仁裕的一则笔记小说《玉堂闲话》卷一的伊用昌篇，叙述了一个愤世嫉俗、厌恶官场、放浪形骸、无拘无束、野性十足的狂士伊用昌的形象，其中有咏鼓词云：“江南鼓，梭肚两头栾。钉著不知侵骨髓，打来只是没心肝。空腹被人谩。”那种供人击打娱乐的江南鼓，只是两头好看，从来不知道催促敲打的鼓声已经侵入了骨髓，只能像没心肝的人一样逆来顺受着，可不知不觉之间已被人溢满了，失去了它自身的存在价值。

“哐当当，哐当当”，打来打去都没有心肝的鼓，病痛已经侵入骨髓了，这其实还不是鲁迅揭露的奴才式的破坏，就像关君说的：“我几步走完的路，竟是它走不完的噩梦。”深阅读、深思考、深交流，提倡一种沉思的气质与艺术品质是构建现代性健全人格的必由之路。

这次关君诗歌集《洋芋花香》收录的优秀作品还有很多，也算是大饱了眼福，我也是从中学到了很多知识，每个人的与众不同的特殊经历，都是一笔弥足珍贵的精神财富。当这些财富足够多的时候，我们需要凝神屏气，需要有精神的超越感，需要对这种超越感的东西进行总结。就像关君诗歌禅定中说的：“在沟谷的溪水里/蟾蜍漠视着恶毒的阳光/挖机开过的轰鸣也未曾让它挪动脚步/它怕清凉的叶子突然消失/怕因为一个念头/

在这个夏天/会丢失一路的圣洁和虔诚。”

朋友们坐在一起，不大咖，也不著名，更不协会，侃侃而谈，这样才能有一种健全的感情疏通渠道，创新活力才会持久。为此，我乐意做一朵关君诗歌中吟唱的洋芋花，它与牵牛花以及燕麦是那样和平的相处，互不攀比，互诉衷肠。借我一朵洋芋花香的温馨已经就足够了，因为我感觉到它有海洋般的温暖与开阔。

王宏斌，甘肃省作协会员，陇南市文艺评论家协会理事，有散文、评论、美学与民俗研究文章散见于报刊媒体。